像
看花一样
看着你

꽃을 보듯 너를 본다

［韩］罗泰柱｜著

王安若｜译

四川人民出版社

图书在版编目（CIP）数据

  像看花一样看着你 / (韩) 罗泰柱著 ; 王安若译
. -- 成都 : 四川人民出版社, 2023.4
  ISBN 978-7-220-13152-3

  Ⅰ. ①像… Ⅱ. ①罗… ②王… Ⅲ. ①诗集—韩国—
现代 Ⅳ. ①I312.625

  中国国家版本馆CIP数据核字(2023)第033551号

XIANG KANHUAYIYANG KANZHENI

像看花一样看着你

[韩]罗泰柱 著　　王安若 译

出 版 人	黄立新	责任印制	周 奇
出 品 人	武 亮	特约策划	郭艳宇
策 　 划	郭 健 石 龙	产品经理	星 芳
责任编辑	范雯晴	插画绘制	[韩]罗泰柱　白木Cicy-J　陶 然
特约校对	蓝 海	装帧设计	Recife　许慧娟

出版发行	四川人民出版社（成都三色路238号）
网　址	http://www.scpph.com
E-mail	scrmcbs@sina.com
新浪微博	@四川人民出版社
微信公众号	四川人民出版社
发行部业务电话	（028）86361653　86361656
防盗版举报电话	（028）86361653
照　排	天津书田图书有限公司
印　刷	天津光之彩印刷有限公司
成品尺寸	130mm×185mm
印　张	5.75
字　数	90千
版　次	2023年4月第1版
印　次	2023年4月第1次印刷
书　号	978-7-220-13152-3
定　价	49.80元

诗人的话

——————————

这本诗集收录了我在互联网上经常出现的诗作。因此，这本书既是我的作品，同时也充分体现了读者的意见。

我相信，一个诗人的代表作并非取决于自己，而是由读者来决定的。因此，读者拥有十分强大的力量，从这一点上来说，这本诗集对我意义特殊。

本书的诗作是由读者选出的，我十分希望它能受到读者的喜爱。同时，想到我要在地球这颗已进入生命末期的行星上再一次出版纸质书，不禁对树木和阳光感到抱歉。也祝愿阅读这本诗集的你幸福安康。

罗泰柱
2015 年夏初

目录

辑二

辑三

꽃을보듯너를본다

我对你

我对你
喜欢到了哪种程度
你不必知晓

因为喜欢你
只是属于我自己的心意而已
而这仅我一人的
思念
便早已漫过河堤……

现在的我
即使你不在身旁
也能够喜欢你。

那句话

我想你
时常想起你

可直到最后
那句话都未能说出口
爱你
我爱你

愿那句留在口中的话
变成花
变成香气
抑或变成一首歌。

欢喜

喜欢

你若喜悦，我便欢喜。

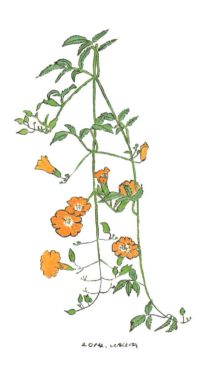

2014．山海坊

爱的答案

将不那么美的事物看作美
是爱

将不那么好的事情看作好
是爱

连那些你厌烦的事都能忍耐
不止起初如此

直到以后，再远的以后，都始终如一
这就是爱。

风吹的那一天

你难道一点都不想我吗？
我在云上亲笔写下

可是我真的很想你啊！
我在风中寄信给你。

陷阱

你的身体
散发着丁香的芬芳，紫色的

你的唇瓣
流溢着松叶青兰的幽香，天蓝色的

你的眼中
烛火燃烧的炽热，金黄色的

但那些都是骗人的
是彻头彻尾的陷阱。

思念

有的路不允许走，也想要踏上
有的人说着不要见面，却还是想要与之相见
有些事如果不让去做，便更想去做

那就是人生，是思念
那就是你。

2014. 如山

丑娃娃

丑丑的反而很可爱
小小的眼睛，皱起的脸庞

哎呀呀，好像马上就要
放声大哭

但我还是爱你啊，孩子
很爱很爱你。

生活之道

在思念的日子里画画
在孤单的日子里听歌

而剩下的时间里
唯有想你。

2014. 山峰云

每日祈祷

祈祷时说出的第一个人是你
忏悔时说出的第一个名字也是你。

2014.

越过一个人

越过一个人又一个人
一个，又一个

如望向孩子一般望向你

为什么眉头不展
嘴唇紧闭
或许你
有什么忧心的事吗？

像看花一样看着你。

初雪

几天见不到你
我焦渴难耐

昨晚也是漆黑的深夜
想你的心
愈加暗淡无光

一天又一天不断地想你
我的心已干涸
而这暗淡无光的心
化成雪落下

你洁白如雪的心
将我笼罩，拥入怀中。

孤岛

你和我
闭着眼、牵着手一路走来

现在你已不在我身边
我该如何是好？

寻不到回去的路
我独自一人，唯有哭泣。

感觉

眼角弯弯
如新月一般
你的眼睛……让人伤感

身形娇小
如青苹果一般
你的模样……惹人怜惜

寥寥数语
如晚风一般
你的声音……让我叹惋

可我依然，喜欢你。

彼此的花

我们是彼此的花
是彼此的祈祷

当我不在你身边时
你想我了吧?
会经常想起我吧?

当我生病时
你担心我了吧?
想要为我祈祷吧?

我也是如此
因为我们是彼此的祈祷
是彼此的花。

花儿，你好

在向花儿们问好时说道
花儿，你们好！

向所有的花
一齐问好
是不对的

应该和每一朵花
逐一对视
花儿，你好！你好！

像这样问好
才永远不会错。

恳求

无须多久
也不必多说
我只想在你身旁
坐上片刻

为何会变成这样
我自己也不知道

片刻前才与你分开
却仍想念你的脸庞
你的声音还回荡在耳边
却还想再次听到

我是暗夜中独自闪烁的星
寂寞山路上踽踽独行的风

只要再一次看到你的笑颜
再一次听到你醉人的声音
我会即刻离开
请让我这样做，恳求你

为什么会变成这样
我自己也不知道。

美丽

你在看什么
那么目不转睛！

我知道
你在向这边看

关于我的美丽
我早已知晓。

2014.

为你

我来到世间
说过的所有话中
我想将那最美丽的
说给你听

我来到世间
怀揣的所有回忆中
我想将那最美好的
双手奉上

我来到世间
能做出的所有表情中
我想将那最友善的
向你展现

这便是
我爱你的真正理由
愿我自己在你面前
成为最好的人。

瞬息祈祷

主啊，请您让我实现
那些未曾实现的美好之事吧
请您让我见到
那些还想见面的善良之人吧
当我说出"阿门"的那一刻
脑海中浮现出你的面庞
我猛然一惊
睁开了双眼。

在雪上写下

在雪上写下

我爱你

所以我无法

轻易离开

地球这颗美丽的星球。

耀眼至极

耀眼，夺目
喜欢得不知如何是好
喜欢得快要昏厥
总之，喜欢得无法自拔

日出耀眼
日落耀眼
鸟鸣花开耀眼
河流摆着尾巴汇入大海
也耀眼

当然，最重要的是
看着汹涌澎湃的大海和那晚霞
想要一跃而入的冲动更是耀眼

不，在我面前
笑着的你才最耀眼，耀眼至极

你究竟来自何处？
如何而来？
又为何而来？
仿佛是来兑现千年前的诺言。

花荫

我问孩子

若我有一天死去了
你会来看我，为我哭泣吧？

孩子没有回答
望向我的眼中噙满了泪水。

2014. 山村花

始终

望着你的脸，我便欢喜
听到你的声音，我便感激
与你的目光一触即分，我便一直喜悦

自始至终

在你身旁，听到你的声音
即是幸福
这世界上有你
便是我存在的理由。

星星

来得过早或过晚
总是其中之一
离开得太快或是停留得太久
也总是其中之一

我是有人匆忙离开后
久久驻足、闪烁的星

双手冰冷，无法与你相牵
悲伤涌上心头
距离太远，而我的手太短
无论如何都够不到你

在今后漫长的岁月中
请不要忘记我。

你也是这样吗

我为你而活

吃饭时
我总是想着
赶快吃完饭，好去见你
入睡时
我总是想着
赶快天亮，好去见你

你在身边时
我因时间流逝之快而遗憾
你不在身边时
我又因时间过得太慢而焦急

远行时，我想着你
归途中，我想着你
我今天的太阳，也因你而升起
为你而落下

或许你，也是像我这样吗？

花·1

再一次相爱
再一次犯错
再一次被原谅吧

所以才叫春天啊。

2014.

花·2

"你很漂亮"这句话
轻松咽下

"为你心痛"这句话
竭力咽下

"我爱你"这句话
艰难咽下

还有"伤心""遗憾"
和"焦急"
一次又一次将它们咽回喉咙

在那之后，他决定变成一朵花。

花·3

并非因为你美丽

并非因为你娇俏

也并非因为你出类拔萃

只因为是你

因为你是你

让我思念、疼爱、怜惜

最终化作钉子钉在心中

毫无缘由

若一定要有，只这一条

就是你是你！

只因为你是你

你如此珍贵、美丽、可爱、丰盈

花啊，请你永远如此。

虞美人

思考总是飞快
觉醒总是缓慢

就那样一天，两天
我心急如焚

动摇的心
总是被你察觉

望向你的目光
总是被人看穿。

2014.

独自

比起一簇簇盛开的花
有时两三朵花
窃窃私语，情意更浓

比起两三朵花
有时独自盛开的花
更加端庄、美丽

花啊，
今天孤独盛开的你
请不要因此感到难过。

卑微的告白

我将自己的东西赠予人们时
他们很喜欢

比起在几个中
赠予他们一个
他们更喜欢
得到唯一的那个

今天我将这颗心送与你
独一无二
请求你
不要将它随意丢弃。

尽管如此

我喜欢微笑时的你
喜欢说话时的你
连沉默的你，我也喜欢
尽管你眉头微皱，表情漠然
有时冷言冷语
我也依然喜欢。

在这秋天里

我依然爱着你
所以悲伤。

2014.

活下去的理由

一想到你
我猛然从睡梦中惊醒
一股力量涌上心头

一想到你
我顿时有了活在这世界上的勇气
连天空都变得更加湛蓝

一想到你的脸
我的内心温暖如春
一想起你的声音
我便心花怒放

好吧，就让我紧闭双眼
向上天犯一次罪吧！
这便是这个春天我活下去的理由。

玉兰花落

愿你离开我的那天
有花盛开
最好是玉兰花
愿那个春日里
玉兰花开，洁白如雪
如在天地间点亮了白色花灯

愿你离开我的那天
我不会哭泣
祝你一路顺风
仿佛向当日折返的旅者
轻轻挥手告别
就这样送你离开

即便如此
在我心底
花在悄无声息地凋谢
洁白的玉兰花
在默默隐忍，无声哭泣
簌簌掉落一地。

离别

地球这颗星球
今天这一天
无法再次相见的
含情脉脉的你

你面前的我
此刻是在哭泣
还是在微笑?

初春

初春藏在杨柳梢头
鸟鸣声中

而更娇嫩的初春
在我心中

今天我也望着你
泫然欲泣。

树

未经你的允许

便将太多心意

送给你

太多心中的位置

被你占据

那些心意无法收回

站在微风吹拂的原野尽头

今天的我也如此悲伤

变成一棵树，独自哭泣。

遥远地

当你长声叹息时
我也会跟着叹息
看着花，我这样想着

当你掩面哭泣时
我也会一同哭泣
望着月亮，我这样想着

当你陷入思念时
我也会跟着思念
看着星星，我这样想着

现在的你，在那里
而我，在这里。

爱情总是生涩

不生涩的爱情
已不再是爱情
即使昨天相见，今天又见面
你的面庞仍然宛如初见

不陌生的爱情
已不再是爱情
即使刚刚听过，现在再次听到
你的声音依然陌生而新鲜

在哪里见过这个人
听过这声音呢……
唯有生涩的才是爱情
唯有陌生的才是爱情

今天你在我面前
重获新生
今天我在你面前
再次死去。

离开的地方

想到我离开的地方
独留你一人
久久哭泣
这里，我便无法轻易离开

想到你离开的地方
独留我一人
哭泣不止
在那里，你也会哽咽吗？

远远祈祷

在我不知道的某处
你仿佛一朵深藏的花，灿烂微笑
你一个人便让世界
重新变为耀眼的清晨

在你不知道的某处
我好似角落中的草叶，呼吸之间
我一个人便让世界
再次迎来寂静的夜晚

秋天到了，请千万别生病。

2014. 山口

꽃을보듯너를본다

辑二

我喜欢的人

我喜欢的人
应该为值得伤心的事而难过
为值得悲伤的事而悲伤

在他人面前
不骄傲自满
在他人背后
不卑躬屈膝

我喜欢的人
应该恨他所恨
爱他所爱
就是那样一个普通人。

如果说出口

如果说出口
人的心也会随之发生变化

直到即使不说出口
你也能读懂我的心

直到我的心意渗入那棵树
那朵白云

在此之前，我只能像这样久久站立
别无他选。

该离去的时候

知道该离去的时候
是一件可悲的事
知道该忘记的时候
是一件可悲的事
而我了解自己
更是一件可悲的事

我们只是短暂地
在这世上停留的人
你正在看的
是我的白云
我正在看的
是你的白云

是否有位调皮的画家
能用画笔将我们彻底抹去
又在意想不到之处
将我们重新描绘?

无法送别该离去的人
是一件遗憾的事
无法忘记该忘记的人
是一件遗憾的事
而我了解自己
更是一件遗憾的事。

幸福

天黑时
有可以回去的家

疲惫时
有可以想起的人

寂寞时
有可以独自哼唱的歌。

草花·1

细看
才觉美丽

久品
才知可爱

你也是如此。

安否

想你
已是许久

未见面
已是许久

只愿你安好
我便感激不尽。

思念

阳光正好
我独自来
独自离开。

2014. cécui戎

美丽的人

美丽的人
让我的视线无处安放
不敢看向你
又怎能不看向你
那么耀眼的
一个人。

墓志铭

十分想念我的你
请再忍耐一下。

我喜欢的季节

我最喜欢的月份
是十一月
范围再大一点的话
是从十一月到十二月中旬

我喜欢
树叶凋零，孑然一身的大树
它们踮起脚尖，屹立于山脊
阳光照射在山脊上
露出黄土赤裸的身体

黄土中有
去时祭
喝两三杯米酒
哼着歌归来的父亲
踉跄的脚步

我和年幼的兄弟们
倚靠在石墙角落
等待着父亲带回的食物包裹
那些黄昏时分饥肠辘辘的时光
依旧鲜活

不，黄土中有
母亲在铁锅中蒸着
代替一餐的红薯
散发出香喷喷的气味
地气缭绕升腾

我最喜欢的季节
是树叶凋零，树干根部在外裸露的
深秋至初冬
坦率、纯洁和谦逊
让人无法按捺地爱着。

繁星代替我们诉说

在风中飘满香气的夜晚
枸橘刺篱旁
我们相遇了
黑暗中
枸橘花苞洁白如雪
簌簌摇曳
我们的心也跟着一起
簌簌摇曳
那些未说出口的话
繁星已代替我们诉说。

春天

所谓春天

真的存在吗？

以为还在冬天时，春天已经到来

以为仍是春天时，夏天悄然而至

来时脚步迟缓、步履维艰

走时却步履匆匆、转瞬即逝的春天

我们的人生里

真的有过所谓的春天吗？

草花 · 2

若知道了你的名字，便成了邻居
若熟悉了你的颜色，便成了朋友
若连你的模样都熟记于心，便成了恋人
啊，这是秘密。

祈祷

若我孤独
便让我去想
比我更孤独的人

若我寒冷
便让我去想
比我更寒冷的人

若我贫穷
便让我去想
比我更贫穷的人

甚至，若我卑微
便让我去想
比我更卑微的人

就这样，请让我
不时向自己提问
再自己回答

现在的我在哪里？
现在的我要向哪里去？
现在的我在看着什么？
现在的我在梦想着什么？

竹林下

1
风追逐着云
云追逐着思念
思念追逐着竹林
而竹林下，我的心追逐着落叶。

2
就像竹叶上整晚闪烁的星光
焦黑的灯罩上映照出你的面庞
夜已深，竹林里传来滴答的雨声
还有那不时响起的阵阵夜风声。

3
昨日想你便写下信
昨晚在梦中见到你，我倒地哭泣
醒来后眼角留下干涸的泪痕
打开门，山谷中白雾如丝绸般缭绕。

4

秋天不全是属于我的
唯有西边落日的云彩
村口孩子们嬉闹的声音
还有村口那缭绕的夜雾
是属于我的

是啊，在这不全是属于我的
秋天里
唯有早早吃过晚饭
来到井边散步时的月亮
是属于我的
唯有如发丝在水中荡漾的月亮
是属于我的。

十一月

若说回去，已经走得太远
若言放弃，时光弃之可惜

在某处，一朵带霜的新生玫瑰
像是嘴唇沾满鲜血，望向这边

白天已变得更加短暂
而我更要抓紧时间爱你。

冬日行

十岁时那美丽的晚霞
不惑之年再次变得美丽夺目
于是懂得，所谓孤寂
才弥足珍贵

田野上
是寒树掩映、房屋密布的村庄
村庄上面是山
山上面是天空

逝者羽化升空
化作云，化作冰冻的星光
而我看见生者去往村庄
变成温暖的灯火。

礼物

天底下我收到过的
最大的礼物
便是今天

今天我收到的礼物中
最美的礼物
便是你

你低沉的声音
带笑的脸庞、哼唱的歌
让我拥有怀抱着大海般的快乐。

问风

我问风
现在那里
花依旧开放
月亮照常升起吗?

我问风
我思念的、无法忘怀的那个人
现在依旧等待着我
在那里徘徊吗?

还在独自一人
唱着为我哼唱过的歌
不停地哭泣吗?

2014. 내린

今天你仍在远方

每天打电话时，我问你
在哪里？做什么？
和谁在一起？没什么事吗？
有没有好好吃饭？睡得怎么样？
问了又问

也对，早晨醒来
阳光耀眼明媚
想来晚上确实没什么事

今天，你仍在远方

此刻整个地球都是你的身体，你的心。

2006.

离开后

有一条河
在离开后无比眷恋
有一个人
在分开后越发想念

白杨生出新叶
风中招手的春日河畔
泪光闪烁的暮色
夏日的水波粼粼
抑或冬日太阳在雾霭中升起
沙沙作响的芦苇丛边
赤脚泅水的冬季候鸟

有一条河
在离开后无比眷恋
有一个人
在分开后越发想念。

草花 · 3

不要气馁，勇敢地活下去吧
尽情生长，肆意绽放吧
这样，真好。

2014. 나은나름

请求

不要距离我太远
我的爱啊

就到能看见你的地方
能听到你声音的地方吧

真担心你忘记回来的路
我的爱啊。

2014. 山石於

不要吝惜

好的东西请不要吝惜
衣橱里的新衣服、漂亮衣服
说着将来要穿它们去赴宴席或婚礼
请不要吝惜
等着等着，过季后便成了旧衣服

心意也不要吝惜
深藏心底的喜爱、思念
说着将来出现真爱便会将它们给予
请不要吝惜
等着等着，内心枯涸，青春便已逝去

若有喜欢的衣服，想穿时便穿
若有喜欢的食物，想吃时便吃
若有喜欢的音乐，想听时便听吧
还有，若有爱的人
不要深藏心底
尽情地爱，尽情地思念吧

就这样，偶尔红了脸
偶尔泪湿眼眶
那又有什么大不了的！
现在的你，面前也有花
还有爱的人吧
愿你尽情地爱恋那花
尽情地思念那个人吧。

我降生世间

我降生世间
从未想过将一切
占为己有

若有什么一定想拥有的，便是
一片蓝天
一缕清风
一抹晚霞

若再贪心些
还有一片
打着旋儿的树叶

我降生世间
从未想过把任何人
独自深藏心底

若一定要有爱的人
便只有一人
那个眼神清澈
内心有着清澈忧伤的人

若再贪心些
便是当我老去，也毫不羞愧地
想要见到的人
那个人，便是你。

三月

或迟或早

三月来了

该来的还是来了啊

战胜了二月

战胜了寒冷贫瘠的内心

带着宽阔的胸怀，它到来了

快回到我们身边

铺下碧草和花瓣编织成的丝绸坐垫

鸟儿邀请我们

畅所欲言

一片喧闹

溪流也向我们诉说

潺潺细语

啊，那些孩子

又要换上新衣服

背上新书包

戴上新徽章

在我们面前掀起波澜

一掠而过

但即使到了三月

孤独的人仍然孤独

寂寞的人依旧寂寞吧。

为了像草叶

我将身体
靠在草叶上

草叶颤悠悠
被压弯了腰

我将忧伤
放在草叶上

草叶颤悠悠
腰弯得更低了

看来今天，比起我的重量
我的悲伤更加沉重。

2018. 山花园二

背影

若耳朵美丽，便只让我看看耳朵吧
若眉毛美丽，便只让我看看眉毛吧
若嘴唇惹人喜爱，便只让我看看嘴唇吧
实在不行，若夹着烟的手指好看
也可以让我看看手指
如果实在没有可以让我看的
我可以等待，直到它出现为止
若等待过后仍然没有
便给我看看你的背影吧
你小心翼翼地离去的背影
请让我看看吧。

花瓣

在盛开的花树下
我们相视一笑

眼睛是花瓣
额头是花瓣
连嘴唇也是花瓣

我们饮了酒
泪湿眼眶

拍下合影
那一天
我们就那样分别了

回来后拿出照片
唯有花瓣留在其中。

与树搭话

我们是否
曾经见过?

曾相信
我们相爱
曾相信
我们对彼此无所不知
也曾有过为对方献出全部
也不觉可惜的日子

明明无风
树却隐约
轻轻摇曳。

越是感觉孤独

越是感觉孤独
越想要独自一人

越是有千言万语
越想要谨慎开口

越是忍不住哭泣
越想要压抑哭声

梦做了又做——

远离人群
在高大的白杨树旁
独自低着头踏上山路。

在岛上

今天的你

每次看到都眼前一亮
每次见面都宛如初见
每次想起都惹人喜爱
愿你，是那样的人

就如同风景
如同草叶
如同树。

不自量力

我不自量力地
想要看一看剩下的青春

我不自量力地
想要看一看余下的爱情

虽说蜡烛直至灯芯燃尽
才叫作蜡烛

虽说爱情仅有一次
才称为爱情……

又到了九月

等待吧，久久等待
尽最大的努力
尽管漫长也要等待

如今迎来了治愈的季节
受伤的动物
用舌头舔舐伤口
来忘却疼痛

秋天的果实
在袋中长得越发饱满
眼睛明亮、双腿矫健的孩子们
从远处急匆匆地回家

云朵高高地，高高地飘浮在天空
天空的心中
升起洁白的宫殿

现在，奔向各自要走的路吧
而出发的时间
还请等待
久久地等待。

思念

有时，我的眼中
也会流下咸咸的水
可能在我的眼中
住着一片大海。

2014.

睡前祈祷

上帝啊
今天也是
不留遗憾地度过可以死去的一天
明早请不要忘记
叫醒我。

꽃을 보듯 너를 본다

耀眼的世界

远远望去，世界有时
小巧、可爱
甚至温暖
我伸出手
抚摸世界的头
就像刚从睡梦中醒来的孩子一般
世界睁开眼睛
向我露出笑脸

原来世界，也是那么耀眼。

三月落雪

虽说是雪，可三月的雪
落下时已融化
落在娇嫩的树枝上
新长出的树根处
化作眼泪，将它们打湿
现在轮到你们了
好好长大，好好长大
融化成水的雪窃窃私语。

十二月

如一日般的一年

如一年般的一天，一天

如年日般消失的我

和你。

我在人群中

我在人群中
会害怕
因为你不在那里

我在无人的地方
会害怕
因为你也不在那里。

堇菜

脚下那可怜的小东西

不要踩啊

若踩了那朵花，可要被流放

若踩了那朵花，可要受惩罚。

2014. wew'ra

想你

想你
我想你的念头
在心中填满，突然
你出现在我面前
仿佛黑暗中点亮的烛光
你出现在我面前，微笑着

想你
我想你这句话
在口中填满，突然
你出现在树下等我
在我经过的路口
化作草叶，变为阳光，等待着我。

恋爱

每天一从睡梦中醒来
就会想到你
心底里的话，想说给你听
第一次祈祷，也是为你

我也有过这样承受罪罚的时期。

2006. 나리

我的爱是假的

嘴上说
爱上就输了
即使输了，内心依然平静

可是，真的输了
还能拥有一颗平静的心吗？

嘴上说
爱是放下
即使放下，内心依然幸福

可是，真的放下
还能拥有一颗幸福的心吗？

爱情是

爱情是
坐立难安

爱情是
怦然心动

爱情是
徘徊不定

爱情是
和煦微风

爱情是
空中飞鸟

爱情是
煮沸的水

爱情是
百感交集。

内藏山的枫叶

和明天就要分开的人
来此观赏吧

和明天就要被忘记的人
一同观赏吧

左侧，一整座山峰映入眼帘
那让人喜悦到忘记呼吸的模样

未能燃尽，这女人的
悲伤……

别后

午后生锈的汽笛声中
在风中摇晃远去的
瘦弱的肩膀
地平线上不会消失的
不会消失的
小小的
一个
点
（水蓝色长筒袜）
（紫藤花纹）

青蛙徒劳的叫声
浓夏日长
昼月皎洁。

诗

只是拾到的

被丢弃在街头或是人群中
闪着光的
灵感宝石。

2014. 以和山馆

花红树下

一个男人牵住了一个女人的手
即一个年轻的宇宙
牵住了另一个年轻宇宙的手

一个女人将身体倚靠在一个男人的肩头
即一个年轻的宇宙
将身体倚靠在另一个年轻宇宙的肩头

那是在一个青葱五月的正午
花朵如花灯般闪耀的
花红树下。

回忆

无论去何处，忽然
有想踏上旅途的念头
无论是谁，忽然
有想见的面孔

并不是
一定有缘由
更不是
有必须要说的话

绿草如茵
彤红的花朵
在心头绽放

我也有过那样
恳切地俯首
竭尽全力
想将它展现给你的日子。

在世间的几日

曾是照在灰尘满布的纸窗上的一缕朦胧月光
曾是田野上拂动高大白杨枝条的风
现在勉强算是一场阵雨？
曾是沾湿衣角或发丝的绵绵细雨
曾是未约定便涌至海边民宿门槛前
哭闹的海浪
谁不是如此呢？
暂时停留又将离开的
在世间的几日，各种各样的事情
是美好的，是悲伤的，亦是疲惫的
只有见到你的片刻心潮澎湃
之后便是漫长的寂寞、痛苦和等待
曾是夏日染上小拇指指甲的凤仙花汁
曾是剪断的指甲碎片上摇曳飘洒的初雪
我的眼中噙满泪水了吗？
眼睛眨了一下，又眨了两下……

通话

睡梦中
我也在拨出
打给你的电话

仅凭思念你，生活至今
明天也将充满对你的思念

睡梦中
我还在接听
你打来的电话。

雪

对你的回忆，缥缈无依
只有颜色、气息和声音
夜晚降临在大地上
停留在
你洁白无瑕的肌肤上。

雾

模糊的脸庞

被遗忘的回忆

却依旧令人痛彻心扉。

未曾走过的小巷

我憧憬着
那些未曾走过的小巷

我向往着
那些未曾知晓的花园
和花园中美丽的花朵

世界上的某个角落
还隐藏着
我们未曾走过的小巷
我们未曾知晓的花园
仅是如此
便让人充满希望!

我渴望见到
那些未曾见过的人

世界上的某个角落
还生活着
我们未曾见过的人
仅是如此
便让人心潮澎湃！

市场路

难得去一次市场
吵闹嘈杂的声音
和扑面而来的腥味
这才是烟火人间的
声音和气味
即使在没什么要买的日子里
我仍然爱这声音和气味
流连在市场路上。

那样的人

那一人
曾是世界的全部

因那一人
世界充盈、温暖

因那一人
世界曾闪闪发光

因那一人
曾不惧怕狂风暴雨的日子

我有时也想在他心中
被记成那样的人。

诗

打扫了庭院
地球的一角变得干净

一朵花绽开
地球的一角变得美丽

一首诗在心中萌芽
地球的一角变得明亮

现在，我爱着你
地球的一角变得更加干净
更加美好。

2.014.

小石子

潺潺流淌的清澈水波中
有一颗带花纹的小石子
时隐时现，随波摇晃
想在回去的路上将它带走
拾起它
将其暂放在石头上
忙完其他事
回来寻找时
竟不知将它放在哪里
怎么也找寻不到

那颗小石子，不就是我吗？

夜半时分

夜半时分
毫无缘由地
从睡梦中醒来

偶然间
目光被房间里的盆栽吸引

干涸枯萎的盆栽

哦，原来是你
是你口渴
叫醒了我啊。

走在乡间小路上

1

来到世间遇见你
是我多么大的幸运
因你的心在我这里停留
我的世界才熠熠生辉
人山人海中，仅因你一人
因你的心在我这里停留
我的世界才温暖如春。

2
昨天也走在乡间小路上
心里想着你
今天也走在乡间小路上
心里想着你
我看到
昨天被我踩过的小草
今天重新站起
在风中摇曳
我也想做一棵小草
被你踩过
又重获新生
在你面前摇曳。

2014. 《《凡凡

喜悦

兰花盆里
一片弯曲的兰叶
将身体倚向虚空

虚空也跟着弯下身来
悄悄地
将兰叶拥入怀中

它们之间
不为我这个人所知的喜悦的江水
静静流淌。

即使我有爱你的心

即使我
有爱你的心
"爱你"这句话
也实在难以说出口
因为"我爱你"这句话
我未必能负责到底

即使我
有冰冷的心
冷酷的话语
也实在不忍说出口
因为我若从别人口中听到冷酷的话
便久久不能忘怀

即使我

有孤独悲伤的心

孤独悲伤的话语

也实在不忍说出口

因为我若从别人口中听到孤独悲伤的话

也会跟着孤独悲伤

我珍惜爱你的心

活着

我抚慰冰冷的心

活着

我深藏孤独悲伤的心

活着。

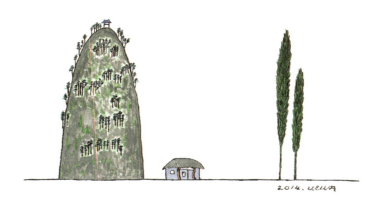

2014. 니체作

悲伤

哪怕只在阳光还在时
请让我待在你面前

失魂落魄，静坐着的
砂锅
沾满灰尘的窗户纸
夕阳缓缓浸染，洒下一片暗黄

哪怕只在阳光还明亮时
请让我守护你热泪盈眶的双眼吧。

野菊花 · 1

1
说着不会哭泣
眼眶却先湿了

说着要忘记
却再次想起

为什么我们
分开后又会想起?

明明约定要忘记
忘记……

在
灯罩下。

2

活在世上

有很多令人落泪的事

每当夜里点亮煤油灯

我是在你江心

划桨的渡船

到了早晨

走过沾满露珠的草丛边

曲径幽深处

想念你的心

开出了一朵洁白的花。

顺伊

顺伊，呼唤这个名字
口中更加芬芳
顺伊，再一次呼唤这个名字
心头越发温暖

顺伊，每次呼唤这个名字
心中的草叶便更加嫩绿
顺伊，每次呼唤这个名字
心中的大树便更加茁壮

你是我的眼神
是我的疆域
我因你的祈祷
长为茂盛的草或树

顺伊，每次呼唤这个名字
你会变得更加温柔
顺伊，再一次呼唤这个名字
你会变得更加美丽。

野菊花·2

独自登上
微风吹拂的山脊
不要回想那些
已经逝去的事
请千万不要回想

独自登上
芦花盛开的山脊
已经逝去的事
忘了吧
忘得干干净净

望着
云层翻涌的天空
不知什么时候
泪水盈满眼眶
露珠浸湿花瓣。

开花的树

当看到美丽的风景
会担心如果没有看到这景色便死去
该如何是好

当听到悦耳的音乐
会设想如果没有听到这音乐便离去
该如何是好

你，于我而言是那么美好的人
若没有相识便飘然离开这世间
那该多么遗憾……

在你面前
我也是一棵情不自禁
开花的树

现在我与你面对面
在你我之间
音乐的江水在荡漾

你背后萧瑟的杂树林
在这时
也成了美丽的画中世界。

2014. 小山

紫花地丁

你离开的地方
独留我一人
寂寞冷清的那一天
紫花地丁开了
比其他日子
更加美丽地开了。

珍惜话语

要珍惜话语
爱惜眼泪

忍耐一下的话
人们的话语也会散发香气

懂得爱惜的话
人们的眼泪也会变成葡萄粒

独自一人的低语
转身抹去的眼泪。

山茱萸花凋谢的地方

我爱你，我拥有了爱情
想要将它说与别人听
却没有可以安心诉说的人
来到山茱萸花旁无意间的自言自语
被盛开的黄色山茱萸花悄悄记下
说与温暖的阳光听
说与来玩耍的山鸟听
又说与溪水听

我爱你，我拥有了爱情
无法将姓名告知
我的话语中只能将它省去
整个夏天，溪水不停地记下又流向远方
如今秋天也已逝去，溪水沉默不语
只有在山茱萸花凋谢的地方，留下的山茱萸果
在飘落的大雪中更加美丽鲜红。

今日的约定

我们约定好不谈那些宏大的、沉重的话题
只说那些很小的、轻松的话题
比如早晨起床看到一只陌生的鸟儿飞过
比如走在路上听到墙那边
孩子们嬉戏打闹的声音而暂时驻足
或是忽然感到蝉鸣声响彻天空
仿佛江水汇聚，奔向远方
我们约定好只谈这样的话题

我们约定好不说别人的、尘世的事
只说关于我们自己的、彼此的事
比如昨晚因为难以入睡而焦虑不安
比如一整天都忍不住想你而心潮起伏
或是在晴朗的夜空中寻找一颗星
对它许下深藏的愿望
我们约定好只说这样的事

其实我们都清楚地知道
即使只说我们自己的事，时间也不够
是啊，我们距离遥远，分隔许久
但也要各自努力变得幸福
这就是我们今日的约定。